LE

RHIN FRANÇAIS.

LE

RHIN FRANÇAIS.

A. MM. BECKER ET DE LAMARTINE.

PAR

JULES FERRAND.

PARIS,
RAYMOND BOCQUET, ÉDITEUR,
PLACE DE LA BOURSE, 13.
1841.

On lit dans la *Revue des Deux-Mondes* :

« Le poète allemand Becker vient dé publier et de dédier à M. de Lamartine, un recueil de poésies où il a inséré le chant national, qui a eu cet hiver un si grand retentissement sur les bords du Rhin, et qu'on a appelé la *Marseillaise de l'Allemagne*. »

Voici la traduction de cette pièce :

LE RHIN ALLEMAND.

« Ils ne l'auront pas, le libre Rhin allemand, quoiqu'ils le demandent dans leurs cris comme des corbeaux avides.

« Aussi longtemps qu'il roulera paisible, portant sa robe verte; aussi longtemps qu'une rame frappera ses flots,

« Ils ne l'auront pas, le libre Rhin allemand, aussi longtemps que les cœurs s'abreuveront de son vin de feu;

« Aussi longtemps que les rocs s'élèveront au milieu de son courant, aussi longtemps que les hautes cathédrales se reflèteront dans son miroir.

« Ils ne l'auront pas, le libre Rhin allemand, aussi longtemps que de hardis jeunes gens feront la cour aux jeunes filles élancées.

« Ils ne l'auront pas, le libre Rhin allemand, jusqu'à ce que les ossements du dernier homme soient ensevelis dans ses vagues. »

C'est à ce chant que l'auteur des *Méditations*, vient de répondre par une Ode qu'il a intitulée *La Marseillaise de la Paix*.

Si, dans cette œuvre, comme dans tout ce qu'il a fait, j'admire le génie du grand poète, je ne puis partager entièrement sa pensée politique. Sans doute, la grande famille humaine a des droits qu'il faut reconnaître, des liens qu'il faut conserver; mais les liens et les droits de la patrie sont-ils moins précieux, moins sacrés? Dieu a élevé la France entre les nations. C'est elle qui a charge de les instruire par sa parole, de les civiliser par son exemple. Rendez lui donc ce qui doit assurer sa force, ce qui doit protéger sa mission; c'est-à-dire, rendez lui ses frontières pour asseoir son indépendance, et ses citadelles pour veiller au salut des peuples.

C'est de ce sentiment, à la fois humanitaire et national, que j'ai cherché à m'inspirer dans cet essai. Je le publie, moins comme une réponse aux deux chants dont je viens de parler, que comme un écho du présent et un souhait pour l'avenir.

Paris, 1er juillet 1841.

LE RHIN FRANÇAIS.

I.

Quand, de ses sphères enflammées,
D'un souffle, le Dieu des armées
Allume, aux nuits des temps, les révolutions;
Quand, dans ses jours de représailles,
Par ces sanglantes funérailles
Que le monde appelle batailles,
Il commence ou finit le sort des nations;

Saisissant la foudre ou le glaive,
Las de son repos, il se lève,
Il vient, il apparaît aux peuples, sur son char.
Babylone, l'Egypte, Rome
Tremblent devant ce Dieu fait homme,

Qui, selon les siècles, se nomme
Charlemagne ou Cyrus, Bonaparte ou César.

Sans doute, dans ses jeux de guerre,
L'Océan, l'espace, la terre,
Sont un champ trop petit pour ce roi du destin?
Non, c'est un flot que le vent chasse,
Souvent, un sillon qui s'efface,
Que son pied choisit quand il passe :
C'est l'Euphrate ou le Nil! c'est le Tibre ou le Rhin!

Mystère, seul compris des anges,
Voilà les rendez-vous étranges
Que ce Dieu quelquefois donne à l'humanité!
Comme si, par la voix d'un fleuve,
Aux peuples que son cours abreuve,
Il voulait rappeler la preuve
De ces combats du Temps avec l'Éternité.

II.

Voyez le Rhin aux flots rapides!
Le Rhin, fleuve prédestiné,
Comme celui des Pyramides,
Se révèle avant d'être né.
Dans les flancs du mont qui le porte,
Son onde murmure et s'emporte,
Puis, elle s'échappe à grand bruit;
Pendant que l'Adule s'agite
Comme une mère qui palpite
Alors que tressaille son fruit.

Seigneur de terres opposées,
Ses rochers lui servent de tours :

Sentinelles par Dieu posées
Pour veiller, debout, sur son cours.
Venu de régions lointaines,
Quand il marche à travers ses plaines,
L'air superbe, les flots au vent,
Ses vagues sonnent des fanfares,
Ses aigles, compagnons bizarres,
Comme des hérauts vont devant.

Ainsi libre et fier, il voyage
Avec sa coupe qu'il emplit!
Rien ne résiste à son passage,
A sa mesure il faut un lit.
Pareil à l'antique Neptune,
Si la tempête l'importune,
Il semble lui dire : Va-t-en.
Puis il se divise, et son onde
Va, comme a Dieu s'en va le monde,
Mourir obscure à l'Océan.

III.

Pourtant, qui sonderait, ô fleuve! tes abîmes,
Y trouverait au fond des souvenirs sublimes :
Mystères du présent, ruines du passé!
Car le temps n'a jamais, en écrivant ses fastes,
Suivi, suivi tes flots avec ses ailes vastes,
    Sans y tremper son doigt glacé.

O fleuve de la Gaule et de la Germanie!
Si nos pères t'aimaient comme leur bon génie,
N'étais-tu pas l'Eden de leur vieil Irminsul?
Que de fois, s'élançant de tes grottes profondes,
On le vit, seul, debout, pour défendre tes ondes,
    Terrasser le fier proconsul!

Qu'ils s'élèvent tes monts, vieillards aux têtes nues!
Olympe où l'aigle seul règne au milieu des nues!
Cirque où Dieu jeta Rome aux peuples délivrés!
Qui sait si, quand leurs flancs vomirent tes Vandales,
Comme dans une orgie, à tes sources fatales
Ils ne s'étaient pas enivrés?

Hélas! que sur ta scène il s'est joué de drames!
N'as-tu pas vu les Francs avec leurs oriflammes,
Les chevaliers du Christ, les soldats de Luther?
Chaque siècle en passant t'offrit des hécatombes,
Temple mystérieux, étranges catacombes
Où l'os se croise avec le fer!

Dieu ne visite plus la terre des miracles;
Rome a vu sur son front retomber ses oracles!
Sait-on le bruit que fait le Tibre ou le Jourdain?...
Mais si dans son courroux le Seigneur les fit taire,
C'est à toi qu'il donna leur voix héréditaire
Pour réveiller le genre humain.

Comme un géant couché sur sa pesante armure,
Paix ou guerre, voilà ton éternel murmure!
Jouet des éléments, tu sembles les troubler!
Rien qu'en voyant, ô Rhin! ta face calme ou sombre,
Le monde, ce passant dont tu réfléchis l'ombre,
Sait s'il doit sourire ou trembler.

Fatal comme le Styx, sacré comme l'Alphée,
N'as-tu pas le pouvoir aussi qu'avait la fée
De vieillir un empire ou de le rajeunir?
Si des siècles éteints tu conserves la trace,
Si le passé repose au fond, à ta surface
On voit s'agiter l'avenir.

Non, depuis six mille ans que Dieu mène les hommes,
Rien ne s'est remué sur ce globe où nous sommes
Sans l'intervention du fleuve du destin!
Voyez! sur le tombeau des races disparues,
Sur le sable ou le fer, sur le soc des charrues,
Partout le Rhin! toujours le Rhin!

Ce nom est dans le calme, il est dans la tempête;
Ainsi que l'Océan la foudre le répète,
Au front des nations il luit en traits de feu,
Il sort du canon sourd et du clairon sonore,
Athènes s'en souvient, Rome le sait encore,
Et la France le dit à Dieu.

Oh! quand il apparaît avec son auréole,
Ce nom, signe des temps, mystérieux symbole
Qui veut dire pour nous : Gloire! pour tous, péril!
De quelqu'autre Brennus croyant voir l'avant-garde,
Pâle, tremblant, alors le monde se regarde
Et va se demandant : Vient-il?...

IV.

Non! ce qui vient, c'est un nuage,
C'est la nuit sombre après le jour;
Ce qu'on entend sur le rivage,
C'est la vague, non le tambour;

C'est le pêcheur sur sa nacelle;
C'est la voile qui s'ouvre au vent;
C'est le cri de la sentinelle
Au voyageur qui va rêvant;

C'est la taverne, c'est l'orgie,
— Ainsi tout change sous les cieux! —

Buvant à la coupe rougie
Que le Druide offrait aux-Dieux;

C'est le moissonneur dans les seigles,
L'alouette dans les sillons,
Dormant où passèrent nos Aigles,
Où campèrent nos bataillons;

C'est le pâtre de la montagne,
Assis sur les os de Varus;
C'est la France, c'est l'Allemagne,
Pleurant sur leurs temps disparus!...

V.

« Voyez ! il est tombé de son faîte superbe
« Celui qui s'appelait le peuple grand et fort !
« De ses derniers héros, ensevelis sous l'herbe,
« Maintenant qu'il s'instruise en déplorant le sort ! »

Ainsi sur nos revers ils chantaient, joie impie,
Ceux que de leur néant vint tirer Waterloo !
Jour maudit ! chant fatal que leur frayeur expie,
Comme s'il les troublait par son funèbre écho !

Non, il n'est pas tombé le vaincu de la terre !
Ils ont pu dans son antre enfermer le lion.

Par un cheval de bois, après dix ans de guerre,
Ils ont pu, sans l'abattre, entrer dans Ilion.

Chêne dont la tempête a ravagé les cîmes,
Peuple frappé debout, relevé sans secours,
Ils ont cru ramasser ses dépouilles opimes...
Dieu, qui l'a suscité, le protége toujours.

Oui, la France est toujours la nation suprême,
Celle qui tient le sceptre et porte le flambeau,
Qui du ciel a reçu le sacré diadême,
Trésor, comme sa gloire, éternellement beau!

VI.

Votre Rhin allemand! pourquoi troubler ses rives?
O fils d'Arminius, il n'est pas même à vous!
Sous un souffle étranger roulant ses eaux captives,
Il ne se souvient que de nous.

Brennus le subjugua dans son chemin vers Rome;
Il le franchit d'un bond.
Il abreuva du Franc que son flot encor nomme
Le coursier vagabond.

Sur son dos écumant il porta Charlemagne
Avec ses douze Pairs,

S'en allant conquérir l'empire d'Allemagne,
Ou plutôt l'Univers.

Dans son miroir fidèle il a gardé l'image
Du jeune et grand Louis,
Alors qu'il vit ses flots s'ouvrir sur son passage,
Par sa gloire éblouis.

Amis, pour regagner ses rives usurpées,
Nous avons eu souvent
Pour bateaux nos caissons, pour rames nos épées;
Nous commandions au vent.

Notre drapeau fouetta ses hautes cathédrales.
Rayonnant Labarum,
Toutes, quand il allait, prenant vos capitales,
Chantaient un *Te Deum*.

Que de fois nous avons froissé sa robe verte.
Dormi dans ses châteaux!

Que de fois il a vu notre table couverte
Du vin de ses côteaux!

Au son de nos tambours, ses filles élancées,
Assez, assez longtemps
Ont valsé dans nos bals, étant vos fiancées,
O hardis jeunes gens!

Ses rocs, en s'élevant, disent dans leurs bruits vagues
Comment vous l'avez eu.
Vingt fois nous l'avons pris sans tomber dans ses vagues;
Vous avez survécu!

Dieu, comme la famille, a créé la patrie.
A ses nombreux enfans chaque peuple est pareil;
Sous l'œil d'un même père, il marche dans la vie
Avec sa part de terre et sa part de soleil.

Malheur à qui dissipe ou vend son héritage,
A qui le laisse, en paix, souiller par l'étranger!
Peuple prodigue et vil, le joug est son partage;
C'est alors qu'Attila s'en vient le ravager.

Quand il fit le pays aux grandes destinées,
Dieu sembla lui donner Paris pour souverain,
Les Alpes comme front, pour pieds les Pyrénées,
Comme fossés les mers, pour ceinture le Rhin.

Nous l'aurons, nous l'aurons, comme l'ont eu nos pères,
Par le droit et par Dieu;
Car la France en partant, dévorant ses colères,
Ne lui dit point adieu.

Vainement, dans leur rage, ils ont rongé sa carte;
Rien n'a changé son nom.
Ainsi, ce prisonnier qu'ils nommaient Bonaparte
Resta Napoléon.

Son glaive est en repos, sa voix a fait silence;
Dans sa nuit combattant,
Comme elle est éternelle, elle a la patience,
Elle attend, elle attend.

O Turenne! ô Vauban! si dans vos citadelles
Vous ne la voyez plus,
Vous savez qu'elle n'a qu'à déployer ses ailes
Pour s'y poser dessus.

Nous n'avons pas signé, nous, leurs traités de Vienne
Pour en subir l'affront.
Il n'est pas de traité dont le cœur se souvienne,
Quand la honte est au front.

Nous nous épargnerons et du sang et des larmes,
Si vous les déchirez :
Nous l'aurons par la paix, nous l'aurons par les armes,
Amis, vous choisirez.

Nous l'aurons, nous l'aurons, il le faut à la France,
C'est notre bouclier!
Voyez ce qu'en a fait votre Sainte-Alliance :
Hélas! votre geôlier!

Ce fleuve qui vous plaint nous vit combattre ensemble
Nos communs ennemis.
Ah! loin de diviser aujourd'hui, qu'il rassemble
Ceux qui furent amis!

O fils d'Arminius, pourquoi troubler ses rives?
Votre Rhin allemand! il n'est pas même à vous.
Sous un souffle étranger roulant ses eaux captives,
Il ne se souvient que de nous.

VII.

Roule donc, fleuve fatidique,
Poursuis ton cours majestueux;
Que ton bruit calme et sympathique
Couvre leurs chants tumultueux!
De ces vains et tristes orages,
Par le vent qui bat tes rivages
Laisse emporter le souvenir;
Tandis qu'on entend leur murmure,
Dieu te regarde, et te mesure
Dans le berceau de l'avenir.

Rhin exilé, songe à la France,
Dans ton retour son cœur a foi.

Aux peuples porte l'espérance,
Hélas! ils souffrent comme toi!
Console-les, dis-leur, ô fleuve!
Que ces temps ne sont qu'une épreuve,
Qu'ils passeront comme tes flots;
Surtout, par ton sublime exemple,
Au genre humain qui te contemple
Apprends à marcher en repos.

Ils ont fui les jours de conquêtes,
Les nuits des révolutions!
Les ruines et les tempêtes
Ne sauvent plus les nations.
Sur le devoir, sur la justice
Bâtissons le grand édifice
De la nouvelle humanité;
Si le glaive est la loi suprême,
Si le sang donne le baptême,
Le progrès fait la liberté.

Ce siècle est grand. A son aurore,
Comme Hercule, il a combattu;

Homme, on le voit lutter encore,
De sa peau de lion vêtu;
Voyageur qui cherche sa route!
Apôtre égaré par le doute!
A la fois César et Cinna!
Chaos où tout se fait la guerre,
Où les lois sortent du tonnerre
Comme les Tables du Sina!

Où va-t-il? Question mystique
Que chacun se pose tout bas,
Et qui, semblable au Sphynx antique,
Dévore qui ne comprend pas!
Qu'importe? dans sa lutte, il marche;
Le vent du Seigneur pousse l'arche,
Rien ne la fera dévier.
Pendant que le déluge tombe,
Qui sait si quelqu'autre colombe
N'apportera pas l'olivier?

Poètes, chantez le Rhin libre;
Il ne l'est point : il le sera.

Si son cours manque à l'équilibre,
La France l'y replacera.
Mais pour célébrer l'alliance,
Attendez que dans la balance
Sa voix ait jeté ses décrets,
Ou dit, montrant son fleuve au monde,
De son drapeau couvrant son onde :
Voici le signe de la paix !

Imp. D'HIPPOLYTE TILLIARD, rue St.-Hyacinthe-St.-Michel, 30.

www.ingramcontent.com/pod-product-compliance
Ingram Content Group UK Ltd.
Pitfield, Milton Keynes, MK11 3LW, UK
UKHW020440220726
13923UKWH00005B/2247

9 782019 255466